AF399895

Analyse de l'œuvre

Par Morgane Fleurot

Quand sort la recluse

de Fred Vargas

Rendez-vous sur lepetitlitteraire.fr et découvrez :

Plus de 1200 analyses
Claires et synthétiques
Téléchargeables en 30 secondes
À imprimer chez soi

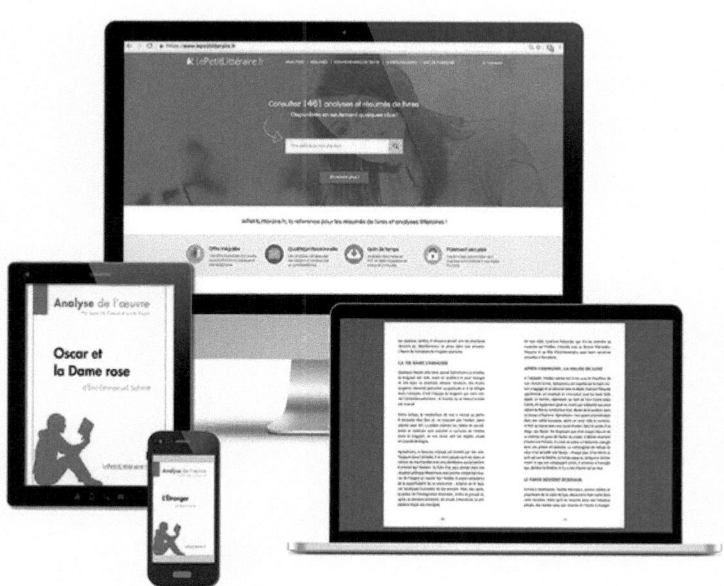

FRED VARGAS

ROMANCIÈRE ET MÉDIÉVISTE FRANÇAISE

- **Née en 1957 à paris**
- **Quelques-unes de ses œuvres :**
  - *Pars vite et reviens tard* (2001), roman policier
  - *Debout les morts* (1995), roman policier
  - *Ceux qui veulent mourir te saluent* (1994), roman policier

Auteure à succès, Fred Vargas est souvent présentée comme l'inventrice du rompol : un genre mêlant romanesque et polar, qui se révèle moins sombre qu'un thriller à l'américaine mais exploite davantage la psychologie des personnages.

Son héros récurrent, le commissaire Adamsberg, est aussi le plus fouillé et celui dont la série de romans est la plus prolifique. Elle exploite en parallèle la série dite des « Évangélistes » dont l'univers interfère régulièrement avec celui de son policier fétiche.

Grâce à sa formation initiale d'historienne puis d'archéozoologue, ses romans fourmillent de références culturelles variées qui renforcent leur réalisme, une caractéristique appréciée dans la littérature de polar. Nombre d'entre eux se construisent autour de l'époque médiévale, une période dont Fred Vargas est spécialiste : cette incursion dans le passé ajoute une touche unique à ses romans policiers (*L'Armée furieuse*, *Pars vite et reviens tard*).

QUAND SORT LA RECLUSE

UN POLAR ZOOLOGIQUE

- **Genre :** rompol
- **Édition de référence** : *Quand sort la recluse*, Fred Vargas, Flammarion, 2017, 480 p.
- 1re édition : 2017
- **Thématiques :** vengeance, meurtre, enquête, séquestrations, tortures, violences sexuelles, zoologie, histoire du Moyen Âge

Printemps 2016, la presse s'empare d'un fait divers : l'araignée recluse sévit dans le sud de la France et ses morsures ont déjà fait deux morts. L'espèce est-elle en mutation ? Sa lointaine cousine américaine se serait-elle installée sur le sol français ? Il est vrai que la morsure de cette araignée n'est que rarement mortelle. En parcourant les forums sur « la recluse », le commissaire Jean-Baptiste Adamsberg est pris d'une étrange sensation. Convaincre la brigade promet d'être ardu mais, mu par une mystérieuse intuition, il se lance sur les traces de cette minuscule meurtrière.

RÉSUMÉ

UNE ENQUÊTE ODORANTE

Alors qu'Adamsberg s'est retiré en Islande suite à une précédente affaire (*Temps glaciaires*, 2015), il est rappelé à Paris de toute urgence : la brigade fait face à une enquête difficile. Les faits lui sont réexposés à son arrivée; une femme est morte écrasée et les policiers font face à un duo de suspects : le mari (maitre Carvin) et l'amant (Nassim Bouzid). La brigade est plus précisément déstabilisée par l'attitude du mari, un avocat qui tente de les impressionner par son éloquence.

Le briefing est alors perturbé par une odeur puissante émanant du bureau du lieutenant Voisenet, policier de métier mais ichtyologue (spécialiste de l'étude scientifique des poissons) passionné. Ce dernier y cache en effet une tête de murène marbrée, achetée plus tôt dans la journée à son poissonnier, dont l'odeur nauséabonde s'est répandue dans toute la brigade. Congédié afin qu'il se débarrasse de l'animal, Voisenet laisse son ordinateur ouvert sur une information ne concernant ni l'enquête en cours, ni la faune marine, mais une petite araignée du nom de « recluse » qui intrigue immédiatement Adamsberg.

Bien que distrait par cette nouvelle affaire, le commissaire se charge néanmoins de résoudre seul l'enquête en cours, en prouvant l'innocence de l'amant et la culpabilité de l'avocat. Ce dernier, trahi par ses habitudes de conducteur et ses ongles étonnamment sales, mène tout droit Adamsberg vers le lieu où il a caché les clés du véhicule, arme du meurtre ; Danglard obtient ensuite les aveux du coupable au cours d'un brillant interrogatoire. Rassérénée par ce dénouement éclair, la brigade se ressoude autour de la figure du commissaire et sort renforcée de cette victoire.

L'ARAIGNÉE

Mais Adamsberg n'a expédié cette précédente affaire que pour se concentrer davantage sur celle qui occupe réellement son esprit : les recluses et le décès de trois personnes (Barral, Claveyrolle et Landrieu) qu'elles ont causé en l'espace de quelques jours. Interrogé sur l'intérêt qu'il lui porte dans ses recherches sur le web, Voisenet révèle sa haine pour l'animal, responsable de l'amputation de son grand-père ; il prend part de bon gré à la petite enquête d'Adamsberg et collabore sans y croire : il lui livre son savoir sur la question et démêle avec lui les nombreux propos lus sur les forums. Le commandant Danglard ayant eu connaissance de cette investigation officieuse, il manifeste son mécontentement et sa réticence lors d'un diner à la Garbure (un restaurant servant des plats du sud-ouest et dont Adamsberg est un habitué) en présence du commissaire et de Veyrenc.

Faisant fi de ces mises en garde, Adamsberg se rend chez le Docteur Pujol, un arachnologue réputé, bien qu'« imbuvable » (p. 89), qui lui permet d'invalider la théorie de la surpopulation ainsi que celle de la mutation de l'espèce. Il fait dans ses bureaux la connaissance d'Irène Royer-Ramier, petite femme de soixante-dix ans venue apporter à l'arachnologue une recluse morte trouvée chez elle, pour en faire analyser le venin. Elle la confie finalement au commissaire avec qui elle a sympathisé.

L'AFFAIRE FROISSY

De retour au commissariat, Adamsberg est sollicité par Retancourt sur une affaire personnelle qui concerne directement leur collègue, le lieutenant Froissy. Cette dernière est l'objet d'une surveillance étrange de la part de son voisin de palier. Adamsberg et Retancourt parviennent à déloger l'agresseur sans alarmer Froissy, qui ignorera toujours avoir été dans la ligne de mire du « violeur du 9e » (p. 155). Cette affaire permet au commissaire de gagner la participation de Retancourt et de « grossir l'armée » (p. 154) des enquêteurs en charge de la recluse.

> « — C'est un chantage, non ?
> — Un échange, lieutenant. » (p. 124)

L'ORPHELINAT DE LA MISÉRICORDE

Irène confie savoir que deux des hommes décédés des suites des morsures de recluse se connaissaient, ayant grandi dans le même orphelinat. Elle les entendait parler de leurs frasques de jeunesse dans un café où elle avait ses habitudes, « à l'heure du porto » (p. 177) : Irène met donc au jour un éventuel mobile, non pas pour une araignée, mais bel et bien pour un humain en chair et en os. Assisté de quelques éléments de la brigade, Adamsberg remonte la piste de l'orphelinat de la Miséricorde jusqu'au fils du Directeur de l'établissement, le Docteur Cauvert.

Ce dernier lui présente un dossier portant le nom plus qu'évocateur, « calligraphié à l'encre » (p. 169) de « La Bande des recluses ». Dossier comportant un compte-rendu des différents agissements néfastes de Claveyrolle, Barral et leurs camarades sur les élèves de l'établissement : et plus précisément des attaques à la recluse. En effet, ces « jeunes blaps » coinçaient les araignées dans les vêtements ou les draps des enfants de l'orphelinat et attendaient qu'ils se fassent mordre. Le Docteur Cauvert fait état de cinq cas de mordus dont les séquelles vont de l'impuissance aux membres amputés.

L'affaire des recluses subit donc un rebondissement important et devient légitime à partir de ce moment précis du roman.

ENQUÊTE SUR LA BANDE DES RECLUSES

En lisant plus précisément le rapport, Adamsberg et Veyrenc mettent à jour un nouvel aspect des agissements de la Bande des recluses : « les violences faites aux filles » (p. 187). Cette information permet de lier Claveyrolle et Barral à la troisième victime : Claude Landrieu. Ce dernier, au vu des nouveaux éléments dont disposent les enquêteurs, avait rejoint plus tardivement la Bande des recluses et procédait avec eux à des viols collectifs : « La Bande des recluses s'est muée en Bande des violeurs. » (p. 215). Ils obtiennent d'ailleurs les aveux officieux d'un quatrième mordu avant son décès à l'hôpital. Veyrenc enquête sur les morts anciennes de quatre des membres de la Bande et prouve qu'ils ont eux aussi été assassinés, bien que le venin de recluse n'ait pas été utilisé comme arme.

Voisenet alimente la théorie d'une potentielle meurtrière, qui vengerait un viol subi par le passé en mettant en relation une équivalence sperme/venin ; tandis qu'Adamsberg commence à soup-çonner la colocataire d'Irène, Louise Chevrier.

RECLUSES, RECLUSOIRS ET SÉQUESTRÉES

« Il s'agit de vraies recluses ? Je veux dire, des araignées ou des femmes ? » (p. 191), la question posée par Voisenet trouve un écho dans une « extraction » (p. 323) subie par Adamsberg chez son frère Raphaël : ce dernier fait ressurgir le souvenir traumatique d'une femme, enfermée dans un reclusoir, que le commissaire avait aperçue enfant.

La « guérison » de Danglard, qui refusait de prendre part aux investigations (il craignait qu'on inquiète Richard Jarras), permet le rééquilibre de la brigade et une importante avancée dans l'enquête : Mercadet révèle un cas de deux petites séquestrées coïncidant avec leur affaire, les sœurs Seguin (Bernadette et Annette). Ces dernières furent enfermées et violées par leur père pendant des années, et la cadette « louée » (p. 360), notamment à la Bande des recluses.

LE POUVOIR DES MOTS

Une importante corrélation s'opère : c'est l'ainée des sœurs qui se venge des « blaps » de l'orphelinat ; ayant été séquestrée puis libérée de l'emprise de son père par Enzo (leur frère, qui finit par assassiner leur géniteur), elle a tenté de reproduire cet enfermement à l'âge adulte et s'est recluse dans un pigeonnier. C'est pourquoi elle a précisément choisi le venin de cette araignée : une recluse usant du venin des recluses.

Car les mots ont tout pouvoir dans le dénouement : Bernadette s'est recluse là où Adamsberg l'a surprise lorsqu'il était enfant, sous le patronage de sa sainte éponyme, avant de changer son nom pour « Irène », « l'araignée », « Ramier » en référence au « pigeonnier » où elle s'était retirée. Le commissaire, assisté de Veyrenc, vient la déloger chez elle et obtenir ses aveux : elle s'exécute et confie avoir tué les anciens violeurs de sa sœur pour la venger.

ÉTUDE DES PERSONNAGES

LA BRIGADE

Le couple Adamsberg-Danglard

Adamsberg

Jean-Baptiste Adamsberg est le héros récurrent de Fred Vargas ; sensible et pétri d'intuitions, il est un « pelleteur de nuages » dont la psychologie se dérobe systématiquement au lecteur. Sa brigade « le juge [ait] rêveur et lunaire obstiné, en bien ou en mal, et attribu [aient] e à cette anomalie » ses improbables succès » (p. 221). Originaire du Béarn, le commissaire est marqué par son enfance dans les montagnes pyrénéennes d'où il tire son caractère calme et introverti.

Une description de lui à travers l'œil d'Irène, assez détaillée, intervient page 85 : « Un petit homme brun, mince, et des muscles tendus comme un nerf de bœuf. Une tête, mais qu'est-ce qu'on pouvait bien dire de sa tête ? Tout irrégulière, les pommettes saillantes, les joues creuses, un nez trop grand, busqué, et un sourire pas droit qui faisait plaisir à voir » (p. 85). Le physique irrégulier et l'aura d'Adamsberg ont la particularité de déstabiliser les prévenus (comme c'est le cas de maître Carvin dans les premières pages du roman) et d'inspirer confiance à ses interlocuteurs (comme c'est le cas avec Irène).

Danglard

« Un souffle d'air pouvait emporter Danglard dans les terres de l'angoisse » (p. 76).

Depuis le début de ses aventures, Adamsberg est épaulé par Adrien Danglard, son adjoint et exact opposé. En effet, le commandant est pour sa part grand, mince, pragmatique et logique. Il est reconnu au sein de la brigade pour son érudition, sa parole déliée et la qualité des rapports dont il est toujours chargé de produire la version finale : rapport « qu'on appel[le] "Le Livre" en raison de la perfection de sa langue » (p. 71).

Père de cinq enfants dont il s'occupe seul, il est aussi connu pour son penchant pour la boisson et plus précisément pour le vin blanc. Très sensible dès qu'il s'agit de sa famille, il n'hésite pas ici à se dresser contre l'enquête et la loi pour protéger sa sœur et son beau-frère menacés par les investigations d'Adamsberg. Il réprouve assez systématiquement les méthodes intuitives de son supérieur mais s'incline devant leur efficacité quand celle-ci est prouvée. Dans cet opus, il prend la tête de la sédition fomentée au sein de la brigade et l'attise en permanence, devenant le principal opposant du commissaire. Celui-ci se retrouve partagé entre l'affection naturelle qu'il porte à son adjoint et le besoin de punir l'injustice qui lui est faite.

Danglard est un ressort important du roman puisqu'il met à plusieurs reprises Adamsberg en danger. Son étrange changement de comportement laisse présager que l'auteure n'a pas encore fini de l'exploiter au sein de ses fictions.

Les opposants

Retancourt

Retancourt partage régulièrement ses réserves avec Danglard, ils sont les « chefs de file de la ligne pragmatique de la brigade, tenants de la logique linéaire et de la rationalité » (p. 53). Elle est initialement opposée à l'enquête et ne participera que parce qu'Adamsberg a négocié cette condition en échange d'un service.

Elle est dévouée à sa mission et désireuse de bien faire, ce qui lui confère parfois un état quelque peu robotique, en témoigne son économie de paroles quand elle est en mission. Ce machinisme est d'ailleurs souligné par Adamsberg qui déclare « on va lancer Retancourt » (p. 232), comme on le ferait d'un appareil, ou d'un fauve. Retancourt est l'arme secrète de la brigade.

Sa toute-puissance, régulièrement vantée par Adamsberg, n'a d'égale que son impressionnante carrure. Violette Retancourt fait la taille d'un homme, et aime faire montre de sa force : « Retancourt se sort de tout, elle conduirait le San Antonio à elle seule. » (p. 397).

Mordent

Au sein de l'opposition, et en appui de Danglard, se trouve une figure hiérarchique importante de la brigade : le commandant Mordent. D'un tempérament calme et peu expansif (ce que son nom ne suggère guère), il est souvent comparé à un échassier en raison de sa grande taille et de son cou démesuré.

Bien qu'opposé à l'enquête, il décide tout de même de faire barrage lorsque Danglard, désireux de dénoncer Adamsberg au divisionnaire, menace l'équilibre de la brigade. Souvent passif, il reste intègre et privilégie toujours l'intérêt commun.

Les adjuvants

Veyrenc

De son vrai nom Louis Veyrenc de Bilhc, Adamsberg dit pouvoir s'appuyer sur lui « comme sur de la pierre » (p. 351) ; comparaison qui fait écho aux quelques descriptions faites du lieutenant, toutes empreintes d'une thématique minérale. Il est stable et « calme » (p. 76), « son visage et son corps exprim [ent] une densité quasi granitique » (p. 76).

Tous deux originaires du Béarn, Adamsberg et Veyrenc sont amis d'enfance et très proches.

Enfance d'ailleurs marquée puisque Veyrenc garde de cette époque les stigmates d'une attaque au canif : ses cheveux ont repoussé roux à l'endroit des coups de couteau reçus.

Veyrenc est l'ombre d'Adamsberg durant toute l'aventure et le ressort maïeutique qui mène le commissaire à ses conclusions.

Voisenet

Ichtyologue contrarié, Voisenet n'est devenu policier que pour complaire à son père. Très important dans le récit, il en est l'élément déclencheur : c'est par le biais de son ordinateur ouvert sur une photographie de l'araignée que les yeux d'Adamsberg se posent sur la recluse pour la première fois.

Il est extrêmement compétent en termes de zoologie et est le premier à élaborer la théorie selon laquelle le venin utilisé dans les meurtres serait une analogie du sperme, et guide progressivement l'enquête vers un nouveau type de suspect : les femmes. Intelligent, il a l'esprit bien plus vif que ne le laisse d'abord paraitre son physique pataud : il cerne par exemple très rapidement l'intérêt qu'avait Landrieu à venir se porter témoin volontaire du viol de Justine Pauvel, « Bien sûr, pourquoi se priver d'une publicité gratuite ? » (p. 194).

Veyrenc trouve qu'il ressemble à Honoré de Balzac, « ajoute une moustache noire, et c'est Balzac » (p. 189). Le policier est conscient de son physique disgracieux auquel il impute sa difficulté à parler aux femmes. Cette sensibilité en fait un personnage attachant.

Froissy

Le lieutenant Froissy, en plus d'être une informaticienne de génie, est la figure maternelle de la brigade. Elle est douce, attentionnée et aimée de tous.

Visiblement mue par la peur de manquer, elle remplit en permanence une armoire de provisions qu'elle destine à tous et avec lesquelles elle arrange régulièrement des repas express pour la brigade et pour elle-même (p. 225).

Malgré ces excès, elle reste fine et, de l'aveu d'Adamsberg, « la perfection de sa silhouette restait un mystère ».

Mercadet

Mercadet est le second informaticien de la brigade, s'il en faut pourtant bien deux, c'est parce que celui-ci souffre de narcolepsie chronique et s'endort « toutes les trois heures » (p. 240).

Quelque peu lymphatique, il adopte parfois un comportement enfantin : « 'Je veux aller à La Garbure' dit le lieutenant sur le ton d'une supplique entêtée, infantile. » (p. 358).

L'ORPHELINAT DE LA MISÉRICORDE

La Bande des recluses

La Bande des recluses est constituée des enfants les plus turbulents qu'ait accueillis l'orphelinat de la Miséricorde, dans les années 40. Ils sont au nombre de neuf et soudés autour de la figure d'un chef : Fernand Claveyrolle.

Passés experts dans l'art de traumatiser les autres orphelins en glissant des recluses dans leurs lits, leur adolescence voit leur haine se transformer en violences sexuelles. D'exhibitions à l'orphelinat, d'où ils parviennent régulièrement à s'échapper, ils passent aux viols collectifs ; ils semblent avoir sévi bien des années après leur majorité où leurs rangs se grossissent de Claude Landrieu et Nicolas Carnot.

Au moment de notre histoire, ils sont les victimes. Tous meurent mystérieusement les uns après les autres de morsures de recluses particulièrement agressives.

Leurs victimes

Les mordus

Les anciens enfants mordus de l'orphelinat deviennent donc les principaux suspects de l'enquête sur les attaques à la recluse. Parmi eux, on distinguera notamment « le petit Louis » et « le petit Jeannot » tous deux amputés respectivement de la jambe et du pied des suites d'une morsure de recluse ; Ernest Vidot ayant conservé une cicatrice « hideuse » au bras ; Marcel Corbière, défiguré par la plaie et, enfin, Richard Jarras.

Ce dernier n'a subi qu'une morsure blanche de l'araignée et ne présente donc aucune séquelle.

Néanmoins, il est le beau-frère du commandant Danglard, ce qui expliquera la mutinerie de ce dernier au sein de la brigade.

Les violées

Elles sont nombreuses, car la Bande des recluses devenue la Bande des violeurs a sévi durant plusieurs décennies. Quelques noms apparaissent néanmoins dans le roman.

- **Justine Pauvel.** Interrogé par Voisenet, ce dernier la décrit comme « broyée » (p. 193). Elle ne lui fera aucun aveu sur le viol subi, mais lui confiera une coupure de journal qui permettra aux enquêteurs de relier Claude Landrieu à la Bande de Claveyrolle et fera ainsi progresser l'enquête.
- **Louise Chevrier.** Louise est la colocataire d'Irène Royer. Elle est très affectée par le viol dont elle a été victime en 1981 : elle présente notamment une peur panique des hommes (dont Irène lui cache la vue), des bêtes à venins et de tous les liquides qu'elle apparente au fluide spermatique (savon liquide, huile, crèmes). Adamsberg en vient rapidement à la soupçonner.

- **Les sœurs Seguin**. Protagonistes de l'histoire la plus sordide du roman, les sœurs Seguin (Bernadette l'ainée et Annette la cadette) sont séquestrées par leur père dans le grenier familial de leurs cinq ans à leur majorité. Il les viole régulièrement puis se désintéresse de la cadette qu'il prostitue par la suite à Claveyrolle et sa bande, alors que ces derniers sont encore des pensionnaires de l'orphelinat. C'est Enzo, le frère des deux victimes, qui les libèrera après avoir assassiné le père de coups de hache.

PERSONNEL DE L'ÉTABLISSEMENT

Eugène Seguin

Le père et violeur des petites séquestrées est employé à l'orphelinat comme gardien. C'est « grâce » à lui que la Bande des recluses pouvait sortir si facilement malgré les prétendues précautions prises par le directeur. Seguin menaçait d'ailleurs ce dernier de révéler au grand jour la collaboration de sa famille pendant la guerre s'il intervenait.

Dʳ Cauvert

Le Docteur Cauvert est le directeur de l'orphelinat de la Miséricorde. Dépassé par la Bande des recluses, il semble impuissant à les éduquer et échoue même à les garder dans l'enceinte de l'internat. Lorsque l'affaire des sœurs Seguin sera révélée au grand jour, il se gardera bien de révéler que le père des petites était son employé, protégeant ainsi la Bande des recluses d'une quelconque enquête.

Dʳ Cauvert fils

Ébloui par l'œuvre de son père, le fils est en pleine écriture d'un livre intitulé 876 orphelins, 876 destins retraçant la vie des enfants de l'orphelinat. Gourmand et faussement bon vivant, son enthousiasme est trompeur et cache le traumatisme de n'avoir vécu que dans l'ombre de ces 876 destinées qui accaparaient tout l'amour de son père.

LES PERSONNAGES EXTÉRIEURS À L'ENQUÊTE

Irène Royer-Ramier

Irène est une sympathique femme de soixante-dix ans rencontrée par Adamsberg au début de l'enquête dans la salle d'attente du Docteur Pujol. Il est immédiatement séduit par son enthousiasme et son franc-parler ; en outre, elle lui rappelle sa mère au premier regard, ce qui ne manque pas de faire naitre son affection envers cette petite femme (p. 83). L'entretien, frontal, avec l'infatué Dr Pujol finit de les rapprocher.

Comme elle possède quelques connaissances en matière d'araignée, plus précisément de recluse, et qu'elle consulte activement les forums, le commissaire garde contact avec elle au cours de son enquête. Elle se révèle d'une aide prolifique puisque c'est grâce à elle que la brigade peut se lancer sur les traces des garçons de l'orphelinat puis sur celles de Louise Chevrier.

Irène ne manque pas d'humour et égaie le roman de ses apparitions à la fois légères et enlevées qui promettent toujours des rebondissements dans l'enquête. Et si elle y a tant de place et peut en manier avec dextérité les ficelles, c'est précisément parce qu'elle est la meurtrière recherchée par la brigade, alias Bernadette Seguin, usant du venin de recluse pour venger les viols subis par sa cadette.

Raphaël Adamsberg

Il est le frère du Commissaire Jean-Baptiste Adamsberg. De deux ans son cadet, c'est pourtant à lui que revient le rôle du protecteur. Ils semblent avoir le même fonctionnement de pensées et se comprennent à demi-mot, en plus de partager une ressemblance physique singulière.

C'est chez lui qu'Adamsberg se réfugie quand, de son aveu, il ne « voi[t] plus dans les brumes ». Raphaël va provoquer une résurgence du souvenir de la recluse du pré d'Albret et mettre son frère sur la piste de la recluse médiévale.

Dr Martin-Pécherat

Psychologue de métier, le Docteur Martin-Pécherat a déjà aidé Adamsberg dans de précédentes enquêtes. Il aime particulièrement manger, c'est un bon vivant dont le commissaire admire l'enthousiasme et plus précisément le rire. De même que Raphaël ou encore Veyrenc, le docteur Martin-Pécherat va remplir un rôle maïeutique (art de faire découvrir à un interlocuteur, par une série de questions, les vérités qu'il a en lui) nécessaire à la résolution de l'enquête. Qui plus est, son nom recouvrira aussi son importance dans l'obtention du fameux déclic d'Adamsberg.

Mathias

Mathias est un personnage initialement rattaché à une autre série de Fred Vargas, celle dite « des Évangélistes ». Il est archéologue spécialiste de la préhistoire et intervient ici pour assister Adamsberg dans les fouilles de l'ancien pigeonnier afin d'en extraire l'ADN de la recluse. Bel homme, il semble ne pas laisser Retancourt indifférente.

Dr Pujol

Le Docteur Pujol est consulté par Adamsberg au début du roman en sa qualité d'arachnologue. Qualifié à plusieurs reprises d'« imbuvable », il est très arrogant et profondément méprisant à l'égard des « ignorants » qui alimentent les forums au sujet de la recluse. Il permet néanmoins d'apporter quelques éclairages primaires à l'enquête, et c'est en attendant d'être reçu dans son bureau qu'Adamsberg fait la connaissance d'Irène.

CLÉS DE LECTURE

UN POLAR POLYVALENT

Les romans de Fred Vargas ne sont pas des polars classiques. Ils sont ces « Rompols » (le terme est défini précisément par Jeanne Guyon pour *Le Magazine littéraire*), abréviation de « romans policiers », qui exploitent la dimension romanesque du polar : il y a une importance capitale des personnages dont la caractérisation est très poussée et soignée, et surtout, contrairement à ce que propose le roman noir, le dénouement est souvent heureux, dédramatisé.

Un roman zoologique

Les recherches initiales au CNRS de Fred Vargas, spécialiste d'archéologie, portaient sur les rapports de l'homme et de l'animal, depuis l'Antiquité jusqu'aux Temps modernes.

Ce détail explique certainement la présence permanente de l'animal dans ses romans (*L'Homme à l'envers, Pars vite et reviens tard*).

Dans *Quand sort la recluse*, il se fait d'autant plus central que l'araignée est l'arme du crime. Les renseignements à son sujet sont très complets et délivrés notamment par trois personnages-clés : Voisenet, le Docteur Pujol et Irène. Le premier théorise et généralise ; le second, un arachnologue réputé, renseigne scientifiquement Adamsberg sur l'animal ; et pour finir, la dernière apporte un savoir empirique à leur sujet : « Elles veulent pas mordre, je vous dis. » (p. 97).

Plus généralement même, l'analogie animale est très présente dans le roman, et se propose d'affubler chacun d'une métaphore bestiale. Celle-ci commence avec Voisenet et sa murène, au tout début du roman : le lieutenant doit se débarrasser de la tête de poisson qu'il a achetée plus tôt dans la matinée et qui embaume tout le service. La métaphore de la murène sera filée tout au long du récit à travers notamment l'expression revisitée d'« anguille sous roche » qui deviendra « murène sous rocher » (p. 179) ; pour finir par être attribuée à Danglard en référence à son agressivité d'abord incomprise : « Va emmerder la sœur-mère d'une murène et tu te feras mordre. » (p. 229). Mordent et Mercadet ne sont pas en reste puisque, apparentés pour leur part à des oiseaux, le premier possède un long cou de héron quand le second « couve des œufs ». Adamsberg désigne par cette dernière image les différents indices qu'exhume le lieutenant avant de venir lui en faire part.

De même, les violeurs de l'orphelinat sont couramment appelés « les blaps » (coléoptères se nourrissant d'excréments), d'abord par Adamsberg, puis la métaphore est rapidement adoptée par toute la brigade. Cet ensemble est corroboré par le fluide odorant qu'éjectent les blaps pour se défendre : Voisenet détaille en effet à plusieurs reprises (p. 199 notamment) une pertinente analyse sur la corrélation entre une piqûre de bête à venin et un viol passant notamment par un jet de fluide. En opposition aux répugnants coléoptères, leurs victimes sont des « coccinelles » (p. 214) inoffensives. La bestialité primaire de ces violeurs est par ailleurs renforcée par l'utilisation de termes comme « attaque collective » (p. 317) ou à l'assimilation de leur regroupement à une « meute » (p. 317), un terme qui désigne à l'origine une réunion de carnivores tels les loups ou les hyènes.

Le loup nous mène alors naturellement à *La chèvre de Monsieur Seguin*, une nouvelle dont l'auteure, via Adamsberg et Veyrenc, fait une rapide et pertinente analyse (p. 377). En effet, celle-ci n'est autre qu'une fable animale mettant en scène proie et prédateur, violée et violeur, un Monsieur Seguin qui « aimait follement les petites chèvres ». Cette plongée dans l'univers du conte accentue le caractère onirique du roman.

Les emprunts au conte de fées

Car, comme le souligne Veyrenc, cette filiation est très présente : « il y a tant d'improbable et d'irréel dans l'affaire de notre recluse qu'elle touche au conte de fées. » (p. 175). Ne serait-ce que dans l'affaire des sœurs Seguin qui trouve quelques échos dans le Barbe bleue de Perrault sur le thème de la séquestration. Seguin est un ogre de fabliau, les araignées semblent obéir à l'assassin comme les rats au joueur de flûte de Hamelin, une légende allemande relatée par les frères Grimm. Adamsberg suggère d'ailleurs à Voisenet, ce dernier ne trouvant pas ses mots, de « commence [r] par "Il était une fois" » (p. 199), formule consacrée pour ouvrir l'univers du merveilleux.

La brigade elle-même présente d'ailleurs des puissances surnaturelles. Adamsberg est animé d'une intuition qui tient du paranormal, et sait écouter ce que lui chuchotent ses « protos pensées » (p. 330). C'est en se penchant sur plusieurs de ces « micros-bulles gazeuses qui se promènent dans le cerveau » (p. 318) qu'il parviendra d'ailleurs au dénouement de l'enquête.

Retancourt appartient elle aussi à ce monde magique, elle est « la déesse polyvalente de la brigade. [...] Shiva aux dix-huit bras » (p. 422). Elle est enveloppée des croyances païennes d'Adamsberg, elle est un « arbre sacré » (p. 422) là où Mathias est un arbre réel, à « l'écorce [...] rude » (p. 423). C'est pourquoi Adamsberg reproche à Violette son rapprochement avec « [l'] homme préhistorique » (p. 439), car « celui ou celle qui devient humain abandonne ses facultés divines ».

Un voyage initiatique

Du reste, Retancourt « conduirait le San Antonio à elle seule » (p. 397) avec tout son équipage : métaphore maritime filée tout au long du roman, le voyage de Magellan finit d'enrichir le polar en lui insufflant des allures d'épopée. De « l'étoc » sur lequel on bute (p. 192) à l'entrée dans « les mers du piratage » (p. 131), « l'équipage » (p. 404) est bel et bien embarqué dans un aventureux périple qui les mènera plus aguerris vers le dénouement.

Enfin, les brumes dans lesquelles le commissaire se perd régulièrement constituent un autre écho de cette métaphore maritime.

APTONYME ET TOPONYMIE

Les brumes sont une abstraction de lieu qui figure les pensées d'Adamsberg, son inconscient, ses intuitions. Et ces lieux, qu'ils soient chimériques comme les brumes ou tangibles comme la Garbure, ont une influence sur la lecture du roman. Le commissaire déclare voir « très bien dans les brumes » (p. 80), elles l'accompagnent sans cesse et figurent alors une contrée dans laquelle ils sont tous perdus, où lui seul est en mesure de montrer le chemin. Les pensées d'Adamsberg sont toujours empreintes d'humidité, elles sont « les eaux silencieuses » auxquelles il faut prendre garde, car lui seul sait y évoluer. Cette appellation de « brumes » renforce la dimension légendaire du roman évoquée précédemment. À l'inverse, la Garbure est un ancrage dans le réel : dans les brumes Adamsberg est esseulé, dans ce restaurant il est entouré de ceux qui soutiennent sa démarche. Il s'agit d'un lieu de rencontre et de partage. Son nom « la Garbure » suggère d'ailleurs cette dimension puisqu'il désigne initialement une « soupe au chou mêlée des restes divers du potager » (p. 75), à partager donc, réunis autour d'une soupière.

Car les noms sont capitaux et porteurs de symboles, livrés à l'interprétation du lecteur. Adamsberg est attiré par la recluse, non pas parce qu'il a vu la photo de l'araignée sur l'écran de Voisenet, mais parce qu'il en a lu le nom : « C'est quand j'entends son nom » (p. 111). Par ailleurs, le nom d'« araignée violoniste » ne fait aucun effet à Adamsberg ; qui plus est, il a du mal à distinguer le violon sur le céphalothorax de l'animal. Il s'agit d'un indice, un signe qu'il n'est pas sur la bonne piste, que les apparences sont trompeuses et surtout que certains mots peuvent désigner d'autres référents (p.106), en l'occurrence la femme recluse.

Enfin, le nom de Martin-Pécherat mettra Adamsberg sur la piste d'Irène « Ramier » ; et celui de Seguin sur la fausse piste de Louise Chevrier. Quant à Claveyrolle, chef des « blaps » de la Miséricorde, il porte en lui le nom « vérole » peu flatteur et synonyme de la haine qui le rongeait. Pour qui souhaite aller vraiment plus loin, le Mont-Cauvaire (homophone du Docteur Cauvert) est un hameau normand dont la principale richesse est un ancien... pigeonnier.

UN ROMAN FÉMINISTE

Enfin, et peut-être même avant toute chose, Fred Vargas signe là un roman féministe. Si l'affaire Froissy semble n'avoir pour but que celui de donner consistance à la brigade et d'affiner le personnage de Retancourt, elle constitue surtout cette voie d'entrée dans la réflexion féministe. En effet, les femmes sont à l'honneur et s'incarnent dans chaque ressort du roman : araignées, recluses médiévales, victimes de viols. Cette dernière thématique, centrale, anime le polar et le tisse pas à pas en exploitant ces figures de femmes violées ; elles sont nombreuses, parfois caractérisées : Justine Pauvel, Jocelyne Briac, Véronique Martinez, Louise Chevrier (personnage concentrant d'ailleurs les stigmates traumatiques de la femme violée) ou encore les sœurs Seguin. Toutes celles qu'on ne nomme pas, résident simplement dans l'absence de plainte :

> « — Côté viols vous avez quoi ?
> — Trop, soupira le lieutenant, et encore on ne parle que des agressions déclarées. » (p. 236).
> Les cas de l'enquête datent des années 1950, mais l'ancrage dans le présent se fait via l'affaire Froissy, et surtout via cet écrasant rappel recueilli dans les pensées d'Adamsberg : « "une femme violée toutes les sept minutes dans le pays et 1 à 2 % des violeurs condamnés." » (p. 293).

C'est encore au moyen de cette thématique que Fred Vargas prépare le motif de la recluse médiévale ; période de prédilection de l'auteure, elle y a fréquemment recours en toile de fond de ses polars (Pars vite et reviens tard, L'armée furieuse). Si, au Moyen Âge, il existait pourtant des « reclus », la narration ne mettra en scène que le substantif féminin, « les recluses ». Elles sont définies assez tôt dans le roman par Voisenet (« ces femmes, vous savez, au temps jadis, qui se cloîtraient pour offrir leur vie à Dieu. Les recluses. » p. 191), et des pages entières leurs sont consacrées lors de l'explication détaillée de Danglard (p. 334 à 337). La valeur de cet exposé se révèle dans les dernières lignes passant en revue les motifs d'enfermement volontaire des recluses et en imputant le plus souvent la cause à un viol. Cette réclusion constitue donc l'expiation d'un péché qu'elles n'ont pas commis. Les recluses sont ces « spectres » qui errent en quête de vengeance.

Au fil de la narration, elles se fondent progressivement en une seule et même recluse : la « dernière », celle d'Adamsberg, dont son frère fait ressurgir le souvenir et qui se présente peu à peu comme la seule coupable plausible. Si l'on suit le raisonnement du commissaire, seule la vengeance peut motiver le meurtre des blaps. « Œil pour œil, dent pour dent » en effet, mais pas « recluse pour recluse » (p. 173), comme initialement pensé par la brigade. Cet usage mortel du venin de recluse ne prend son sens que dans la thématique de la pénétration, de l'insémination d'un poison qui gangrène les chaires et tue lentement et douloureusement ; il est le degré second du venin, la métaphore des viols subis. L'auteure s'attarde d'ailleurs longuement et à plusieurs reprises sur cette mise en relation morsure/pénétration, venin/sperme, détaillée par le policier-zoologue Voisenet. Ces meurtres sont donc l'œuvre d'une des femmes violées, qui n'a choisi ce « talisman » (p. 200) que parce qu'il fait référence à sa propre condition, celle d'une ancienne recluse : Bernadette devenue Irène (l'araignée).

Elle incarne toutes leurs victimes (figurées par Louise, sa « colocataire » qu'elle prend sous son aile). Elle est l'unité, « la recluse » contre la multiplicité malveillante représentée par « les blaps ». Elle acquiert ainsi une sorte de pouvoir transcendant, quasi divin. L'écueil est d'ailleurs initialement souligné par son personnage : « On peut pas tuer avec une recluse, on sort pas de là » (p. 181). Fred Vargas fait de sa meurtrière une vengeresse repoussant les limites du romanesque : elle n'est pas seulement courageuse, elle fait aussi preuve d'une extrême finesse et parvient à se rapprocher du cœur de l'enquête à laquelle elle confère par ailleurs une certaine légèreté. Irène est la première à mener l'inconscient d'Adamsberg vers le parallèle violeurs/blaps, ce « scarabée puant » qu'elle « écrase » avant qu'il ne « [l'] asperge » (p. 88). Enfin, elle n'est démasquée à la toute fin que parce qu'elle l'a décidé et que ce dernier enfermement signe la fin de ses épreuves. La femme a repris le pas sur la recluse, c'est elle que Fred Vargas défend : « Elle est grande Louis » (p. 455).

PISTES DE RÉFLEXION

QUELQUES QUESTIONS POUR APPROFONDIR SA RÉFLEXION...

- La métaphore de la conquête maritime rythme toute l'enquête. À quels personnages est-elle rattachée et en quoi est-elle pertinente ? Quelles sont les différentes étapes de ce voyage métaphorique ?

- *« L'amour est une ortie qu'il faut moissonner chaque instant si l'on veut faire la sieste étendu à son ombre. »* (p. 317). Commentez en contexte cette phrase de Danglard citant Picasso.

- Le lieutenant Retancourt est très présente dans cet opus des enquêtes Adamsberg, expliquez en quoi elle constitue un ressort important de la narration.

- « N'oublie pas qu'il y avait l'odeur atroce de cette murène. » (p. 111) : en quoi ce détail est-il essentiel pour expliquer la raideur dans la nuque d'Adamsberg quand il entend le nom de l'araignée ?

- Pourquoi le Docteur Cauvert (père) a-t-il protégé la Bande des recluses de son silence après l'arrestation de Seguin ? Faites quelques recherches historiques pour répondre précisément à la question.

- « La chasse aux sorcières toute direction. Dans mon village on sait que je ne tue pas les araignées. » (p. 90). Expliquez pourquoi Irène choisit cette métaphore historique et en quoi elle est rattachée à un axe de lecture du roman.
- *Barbe bleue, La Chèvre de Monsieur Seguin…* à quels autres contes connus le roman peut-il faire écho ?
- Dans le chapitre XXVI, Adamsberg s'assoit entre deux jeunes ormes avant d'être griffé par des branches de noisetier. Expliquez la symbolique de ces arbres au regard de leur rôle à ce moment précis du roman.
- Qu'il les cite ou qu'ils soient de lui, quelle est la particularité des vers scandés par Veyrenc ?

Votre avis nous intéresse !
Laissez un commentaire sur le site de votre
librairie en ligne
et partagez vos coups de cœur sur les réseaux
sociaux !

POUR ALLER PLUS LOIN

ÉDITION DE RÉFÉRENCE

- VARGAS F., *Quand sort la recluse*, Paris, Flammarion, 2017.

ÉTUDES DE RÉFÉRENCE

- PERRAULT C., *Contes*, « *La Barbe bleue* », Pocket classiques, 2006.
- BETTELHEIM B., *Psychanalyse des contes de fées*, Robert Laffont, 1999.
- APHELANDRE, « Les héros de la littérature policière », consulté le 18 septembre 2018 http://aphelandre.canalblog.com/archives/2008/04/16/8845537.html
- « Fred Vargas », in *Viviane Hamy*. Consulté le 15 septembre 2018 http://www.viviane-hamy.fr/les-auteurs/article/fred-vargas

SUR LEPETITLITTÉRAIRE.FR

- Fiche de lecture sur *L'Armée furieuse* de Fred Vargas.

- Fiche de lecture sur *Dans les bois éternels* de Fred Vargas.
- Fiche de lecture sur *Pars vite et reviens tard* de Fred Vargas.
- Fiche de lecture sur *Temps glaciaires* de Fred Vargas.

DUMAS
- Les Trois
  Mousquetaires

ÉNARD
- Parlez-leur
  de batailles,
  de rois et
  d'éléphants

FERRARI
- Le Sermon sur la
  chute de Rome

FLAUBERT
- Madame Bovary

FRANK
- Journal
  d'Anne Frank

FRED VARGAS
- Pars vite et
  reviens tard

GARY
- La Vie devant soi

GAUDÉ
- La Mort du
  roi Tsongor
- Le Soleil des
  Scorta

GAUTIER
- La Morte
  amoureuse
- Le Capitaine
  Fracasse

GAVALDA
- 35 kilos d'espoir

GIDE
- Les
  Faux-Monnayeurs

GIONO
- Le Grand
  Troupeau
- Le Hussard
  sur le toit

GIRAUDOUX
- La guerre de
  Troie
  n'aura pas lieu

GOLDING
- Sa Majesté des
  Mouches

GRIMBERT
- Un secret

HEMINGWAY
- Le Vieil Homme
  et la Mer

HESSEL
- Indignez-vous !

HOMÈRE
- L'Odyssée

HUGO
- Le Dernier Jour
  d'un condamné
- Les Misérables
- Notre-Dame
  de Paris

HUXLEY
- Le Meilleur
  des mondes

IONESCO
- Rhinocéros
- La Cantatrice
  chauve

JARY
- Ubu roi

JENNI
- L'Art français
  de la guerre

JOFFO
- Un sac de billes

KAFKA
- La Métamorphose

KEROUAC
- Sur la route

KESSEL
- Le Lion

LARSSON
- Millenium I. Les
  hommes qui
  n'aimaient pas
  les femmes

LE CLÉZIO
- Mondo

LEVI
- Si c'est un
  homme

LEVY
- Et si c'était vrai…

MAALOUF
- Léon l'Africain

ISBN version numérique : 9782808014441
ISBN version papier : 9782808014458
Dépôt légal : D/2018/12603/482

Conception numérique : Primento,
le partenaire numérique des éditeurs.

Ce titre a été réalisé avec le soutien de la Fédération Wallonie-Bruxelles, Service général des Lettres et du Livre.